サターン・リターン

Saturn Return

Akane Torikai

1

サターンリターン

Saturn Return

Inhalt

DU...
... SCHREIB EINE SCHÖNE GESCHICHTE!
SCHREIB WAS...
ETWAS, DAS BEWEIST, DASS ICH GE- LEBT HABE.
HÄH?

WAS SOLL DAS AUF EINMAL? DU MACHST MIR ANGST!
JA, ABER...
... ICH WERDE STERBEN, OHNE ETWAS ZURÜCK-ZULASSEN.
NOCH BEVOR ICH DREISSIG BIN.

Saturn
Return

Kapitel 1

Ritsuko Kaji: Nap Land
Bungei Aoumi, 63. Newcomer-Preis

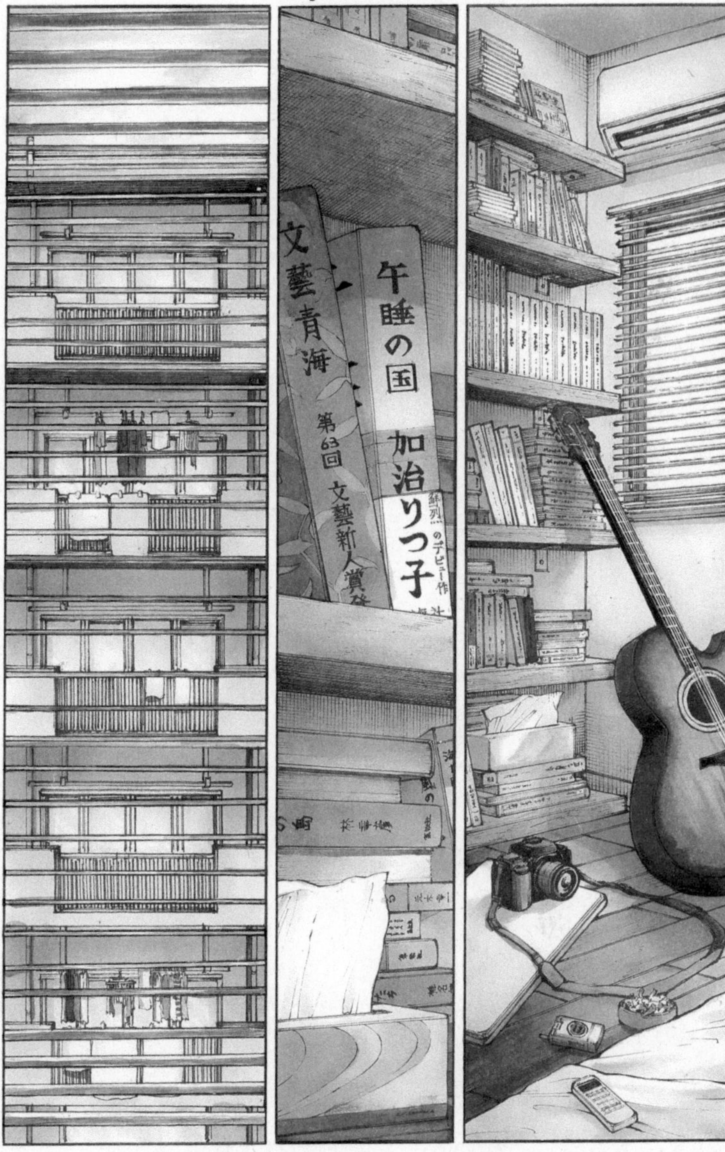

ガタ一ン
KRACH

MANCHMAL FRAGE ICH MICH...
OKAY, AN DER NÄCHSTEN AMPEL RECHTS AB.
GUT, DANN DAS...
... LENKRAD EINSCHLAGEN.
... OB DIESES LEBEN...
BEI BLOCK 12 LINKS ABBIEGEN...
... WIRKLICH...
... MIR GEHÖRT.

** Anrede für Jungen

* verniedlichende Anrede

所案内
KANNST DU JETZT AUTO FAHREN?
HAHA! DAS DAU-ERT NOCH EIN BISS-CHEN!
ICH WILL EIN EIS!
所案内
Wär toll wenn du's schaffst
Geht klar

DAS HIER, WIRKLICH?
DIE HAUPT-PRÜFUNGEN FINDEN WERK-TAGS IM GROSSEN SAAL STATT.
OKAY...
GLÜCKWUNSCH! SIE HABEN DIE FAHRSTUNDEN BESTANDEN.
DIESE FORMULARE NEHMEN SIE BITTE MIT NACH HAUSE...
GLÜCK-WUNSCH ZUM ABSCHLUSS DER FAHR-SCHULE!
PROST!
AH!

WAS IST LOS?!
ICH HAB DAS KLOPAPIER VERGESSEN!
HA...
JETZT IST'S ZU SPÄT!
ACH, WIE BLÖD!
KEIN PROBLEM! MUSST NUR MORGEN AUFS KACKEN VERZICHTEN.
MENSCH, FUMI-KUN! WIR ESSEN DOCH!
ABER DASS DU AUF EINMAL DEN FÜHRERSCHEIN MACHEN WILLST...
WIE BIST DU DARAUF GEKOMMEN?
ICH WILL EBEN MEIN LEBEN ETWAS VERÄNDERN.

MH...
HMM ...
UMM...
HH
HH
RITSU...
DU HATTEST NOCH KEINEN EISPRUNG, ODER?
IST ES OKAY, WENN WIR SO WIE IMMER...?
HH
ICH LIEBE DICH, RITSU.

HH
HH

HH
RITSU, ICH LIEBE DICH DOCH.

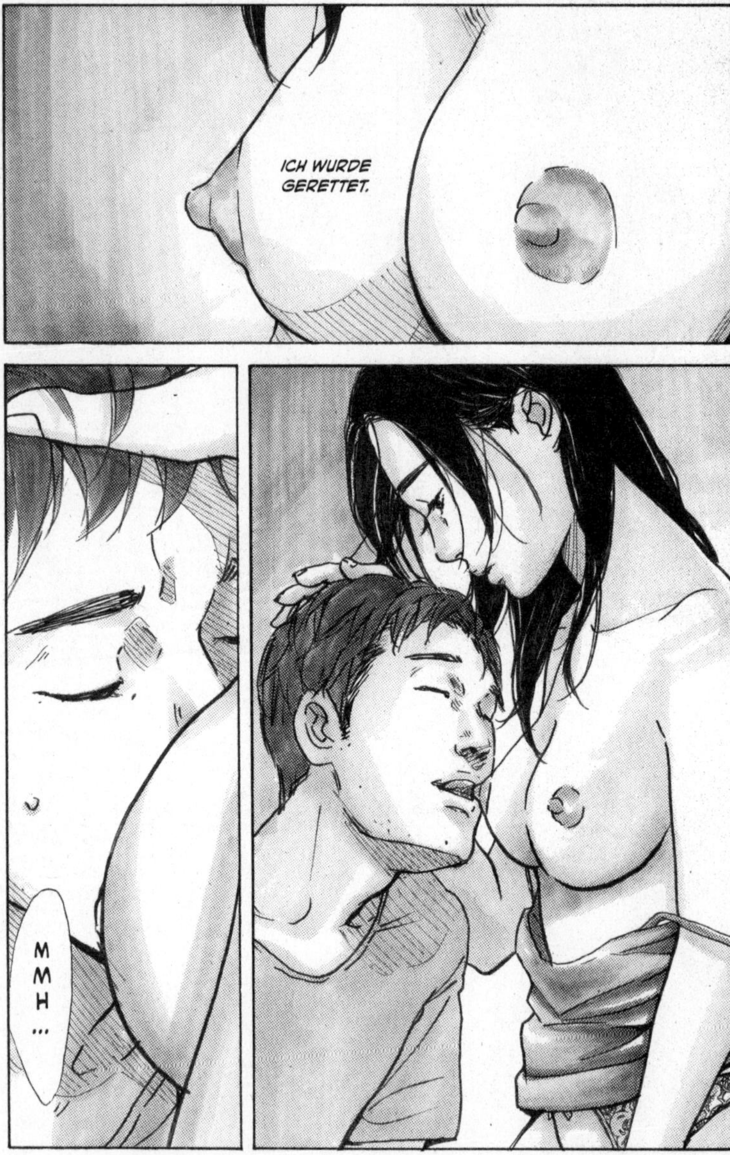
ICH WURDE GERETTET.
MMH ...

FH...
AH...
AH... ICH KOMME!
UH...!
HNNN
AAAAAH...
NANU?
WO GEHST DU HIN, RITSU?

DAS KLO-PAPIER WILL MIR NICHT AUS DEM KOPF...
SOLL ICH MIT-KOMMEN?
NEIN. ES IST ERST ZEHN, UND DU SIEHST MÜDE AUS.
SORRY, ICH SCHLAFE ZU WENIG...
ICH LIEBE DICH, RITSU.
ICH DICH AUCH.
FUMI HAT MICH GERETTET.
おでん
たばこ 酒

VRRRR
VRRR
VRRR
...
JA, HIER
KAJI?

* Anrede für Künstler*innen

* gängige Anrede, entspricht Frau/Herr

ICH HABE IHREN ROMAN *NAP LAND* GELESEN.
HERAUSRAGEND! WIRKLICH EIN MEISTERWERK! ABER...
ICH BIN ÜBERZEUGT, DASS SIE ETWAS NOCH GROSSARTIGERES SCHREIBEN KÖNNEN!
DIESE KANTIGE FIGUR... GIBT ES EIN VORBILD? DER MANN...
... DER SIE AUFFORDERTE, DEN ROMAN ZU SCHREIBEN ...
DER BERÜHMTE »AOI«!
EINE FIKTIONALE FIGUR... DURCH UND DURCH.
ABER IHRE DETAILVERLIEBTHEIT IN DER BESCHREIBUNG! WIRKLICH KRASS!

SENSEI, SIE SOLLTEN DIESE LEBENDIGE ART NOCH MEHR FORC...
ÄHM...
BITTE NENNEN SIE MICH NICHT »SENSEI«...
WAS?!
SORRY, DASS ICH NICHT EINGEGRIFFEN HABE...
SCHON GUT...
ICH BIN NICHT SO GUT IM UMGANG MIT MENSCHEN ...
WISSEN SIE, KOIDE...
... KOMMT VOM WOCHENMAGAZIN UND MUSS SICH NOCH ETWAS ANPASSEN ...
ABER ER HAT AUF JEDEN FALL RÜCKGRAT.

ER HAT DEN RICHTIGEN INSTINKT... DAS SIEHT AUCH UNSER CHEF-REDAKTEUR SO...
GUT, ES FEHLT IHM ETWAS AN TAKT, ABER...
... ALS SEIN VOR-GÄNGER...
... SETZE ICH GROS-SE HOFF-NUNGEN IN IHN.
ER SOLLTE ES SCHAFFEN, DAS FEUER IH-RER AUSDRUCKS-KRAFT WIEDER ANZUFACHEN.

MIR IST DAS LEIDER NICHT GELUNGEN...
NEIN, ICH HABE IM LAUFE DER...
... LETZTEN FÜNF JAHRE BEWIESEN ...
... DASS ICH NUR EIN ONE-HIT-WONDER BIN.
GERADE BIN ICH EINE GANZ NORMALE HAUSFRAU.
GEHT ES NODA GUT?
Kazufumi Noda
Bist du doch in der Fahrschule?
Nein, beim Arzt.
Kazufumi Noda
VRRRR
Beim Gynäkologen?
Und...??

WÄÄÄ!
IST GUT! WIR STEIGEN GLEICH AUS!
HUÄÄÄ!
PSST!
WÄÄH!
SCHATZ, IST GUT!
WÄÄH... HUÄÄÄ!
...MMTER SCHREI-HALS...
Nächster Halt...
... Futa-kotama-gawa!

GIBT'S TOMATEN-SOSSE?
RIECHT TOLL...
HAST DU DIE DOSEN WEGGE-BRACHT?
ICH BIN DEN GANZEN TAG HIER, DA KANN ICH JA DEN MÜLL...
ABER DER SACK WAR NOCH GAR NICHT VOLL!
ICH MUSSTE SOWIESO ZUM ALT-PAPIER...
WAR DAS FALSCH?
NEIN, SCHON GUT...
DANKE, DASS DU DAS IMMER MACHST!

WAS HAT DER ARZT GESAGT?
ÜBER DIE SCHWANGER-SCHAFT.
VIELLEICHT SOLLTE ICH MICH UN-TERSUCHEN LASSEN...
NEIN, ER HAT MIR CHINESI-SCHE KRÄUTER GEGEBEN, UM MEINE REGEL IN DEN GRIFF ZU BEKOMMEN.
CHI-NESI-SCHE...
UND, WIE IST ES?
LECKER! KÖNNTE MAN IM RESTAU-RANT SER-VIEREN.
DANN HÄTTE ICH NOCH EINEN WEIN AUF-MACHEN SOLLEN, ODER?
NEIN, MIR REICHT GERSTENTEE.
OH, ICH MUSS NOCH TEEBEUTEL KAUFEN!

ボトル
カン
資源持出行為は条例違反
Wertstoffe
»MIR REICHT GERSTENTEE.«
VIER GROSSE DOSEN...
DAS WAR JA WOHL GE-LOGEN.
WENN »MIR REICHT GERSTEN-TEE.«...
... EINE LÜGE IST...
»ICH LIEBE DICH. ALLES WIRD GUT.«

Medikamenteneinnahme 1x tägl. / Lunafeel Kombinationspräparat

パチッ
KNIPS
LUNAF
KNISTER
MARCOPOLO
Earl Grey
Tea
LOOSE
TEA
ルナフィール
Lunafeel 配合錠

ZZZZZ
VRRRRR
ZZZZZ
DFRRR
VRRR

Camomile Flowers
DSSH
Koide
Vielen Dank für unser heutiges Treffen, Kaji-Sensei.
Als ich Nap Land las, lief es mir eiskalt über den Rücken! Ich bin so gespannt, was die Autorin dieses Meisterwerks als Nächstes schreibt! Ich persönlich sehe eine Art Fortsetzung von Nap Land. Wir sollten uns bald treffen und Ideen austauschen!
TOCK
GAKONK

Nap Land – Ritsuko Kaji – Der intensive Debütroman

BLAMM
SCHOWAPP
Wein
GLUCKER
GLUCK
GLUCK
GLUCK
GLUCK

FSSHLLLL
KLACK

NAKA...
ICH WEISS ES NICHT...

NAKAJIMA...?
KAJI...
... IST DAS WIRKLICH DEIN LEBEN?

VVRRR
!!

VVRRR
VVRRRRR
VRRR
Nachricht
HALLO...?
JA, HIER IST KAJI.

ANDO? JA, LANGE HER... ABER...
... WIESO RUFST DU UM DIESE ZEIT AN...

»HEY, KAJI...«
»SCHREIB DOCH MAL 'NE GESCHICHTE!«
HAHA...
... HAHAHA-HAHA...

HAHAHA-HAHA!
RITSU?
WAS IST LOS? WIESO LACHST DU SO LAUT?
ER IST TOT...
NAKAJMA IST WIRKLICH GE-STORBEN.
WER IST NAKAJIMA?
AHAHAHA...

»IST DAS WIRKLICH DEIN LEBEN?«
AHA-HA-HA...
EINS NACH DEM ANDEREN...
... VERLIERE ICH.
Hallo...?
HA-HA-HA ...

Kapitel 1 / Ende

Kapitel 2
Kaji…
ER HATTE ES…
Nakajima ist tot.

… IM VORAUS ANGEKÜNDIGT.
JA, ABER ICH WERDE STERBEN.
NOCH BEVOR ICH DREISSIG BIN.

Kapitel 2

Nakajimas Mutter hat mich angerufen...
Heute Nacht ist die Totenwache.
Sie möchte, dass du morgen zur Beerdigung kommst.
Schreib dir auf, wo es ist.
JA, IN ORDNUNG.
DANKE...

WARST DU...
... MIT IHM ZUSAMMEN?
RITSU...
IST JEMAND... GESTORBEN?
ER WAR NUR EIN FREUND.
NEIN, UM HIMMELS WILLEN!

KOMM, NIMM EIN BISSCHEN MISO-SUPPE.
ES BERUHIGT, ETWAS WARMES ZU ESSEN.
JA...
DIE BEERDIGUNG IST IN OSAKA, ODER?
SOLL ICH DIR ...
... EINEN PLATZ IM SHINKANSEN BUCHEN?
FUMI-KUN...
ICH KANN DAS ALLEIN, ARBEITE LIEBER.

WENN DU KOCHST ...
... BIN ICH ALS HAUSFRAU ÜBERFLÜS-SIG.
DU MUSST DOCH KOR-RIGIEREN.
OSAKA IST NICHT WEIT. ICH KANN DAS TICKET KAUFEN.
BIST DU SICHER?
TACK
TACK
TACK

Letzte Suchanfragen
Gründe Unfruchtbarkeit
Liegt es an ihm?
Baby Internet Q&A
Ab welchem Monat?
Yahce Suche
Anzeichen Unfruchtbarkeit
Warten auf das Baby
KLACK
FUMI-KUN...
WAH!
DU HAST MICH ER-SCHRECKT.
KLOPF DOCH BITTE AN. WAS GIBT'S?
SORRY... IST CURRY-REIS HEUTE ABEND OKAY?

SEHR GERN, ABER... WAS IST MIT OSAKA?
ICH FAHRE, WENN DER REIS FERTIG IST...
KOMMST DU DANN RECHTZEITIG ZUR TOTEN-WACHE?
NEIN, ICH WERDE HEUTE BEI MEINEN ELTERN ÜBERNACHTEN.
ICH KOCHE GENUG FÜR ZWEI TAGE, OKAY?
SAG MAL, RITSU...
DIESER NAKAJIMA, DER GE-STORBEN IST...
IST ER »AOI«?

ER HAT NICHTS DAMIT ZU TUN.
AUSSER-DEM IST DIE GESCHICHTE FIKTION.
PFF!
AHAHA, ICH BITTE DICH, FUMI-KUN!
MIR WIRD JA GANZ NOSTALGISCH ZUMUTE! »AOI«!
...
ABER DU MUSST NICHT UNBE-DINGT TEIL-NEHMEN...
AN DER BEERDI-GUNG UND SO.
TACK
... AUCH EINE WOCHE, WENN'S SEIN MUSS...
OKAY, ICH ESSE DEN REIS...

KANNST DU BITTE DIE PFLANZEN GIESSEN, WÄHREND ICH WEG BIN?
VERLASS DICH AUF MICH. SIE WERDEN FÜNFMAL SO GROSS SEIN.
HI HI
OKAY, DAFÜR BRINGE ICH DIR SENTEN-TEIGTA-SCHEN MIT.
YAY! DIE LIE-BE ICH!
FUMI-KUN... DANKE, JA?
MMH...
BLAMM

BRODEL
BRODEL
LECKER.
NAKA-
JIMA...

... WOLLTE STERBEN.
SOLLTE ICH ES NICHT SCHAFFEN, ETWAS ZU HINTERLASSEN ...
... MÜSSTE ICH TROTZDEM NICHTS BEDAUERN, WENN DU...
... EINE GESCHICHTE SCHREIBST, DIE BEWEIST, DASS ICH GELEBT HABE.
HÄ? WAS MEINST DU? SOLL ICH EINEN...
... ROMAN SCHREIBEN, DAMIT DU BERUHIGT STERBEN KANNST?

SORRY, DAS VERSTEH ICH NICHT.
DU HAST DOCH EIN GANZ NORMALES LEBEN, WIESO WILLST DU STERBEN?
HAST DU DENN KEINE ANGST DAVOR?
IM GEGENTEIL. ES GIBT MENSCHEN, DIE BEIM...
... ANBLICK DERSELBEN LANDSCHAFT WIE ALLE ANDEREN DENKEN »IST DAS SCHÖN!« ...
... DIE ABER DEM GANZEN TROTZDEM EINEN GANZ ANDEREN *SINN GEBEN* KÖNNEN.
UND ICH HABE ERKANNT, DASS ICH NICHT ZU DIESEN MENSCHEN GEHÖRE.
ICH VERSTEHE NICHT...
WAS IST DENN DER UNTERSCHIED ZWISCHEN...
... DEN EINEN UND DEN ANDEREN?

DAS HATTE ICH IHN GEFRAGT...
OB SIE SPÜREN, DASS IHR LEBEN IHNEN GEHÖRT ODER NICHT.
MENSCHEN, DIE DAS NICHT SPÜREN, VERLIEREN IN EINEM FORT ALLES MÖGLICHE.
MAN MUSS EINER LANDSCHAFT DOCH NICHT UNBEDINGT EINEN SINN GEBEN...
IST ES NICHT OKAY, WENN MAN SIE EINFACH SCHÖN FINDET?
DAS DACHTE ICH.
AUF JEDEN FALL BESTEHT DAS LEBEN NICHT NUR AUS VERLIEREN!
GANZ ERNSTHAFT.

TRAUER-KLEIDUNG...
HM...
»DIESER NAKAJIMA, DER GESTORBEN IST...«
»IST ER >AOI<?«
FUMI KANN SO UNSENSIBEL SEIN...
... ABER MANCH-MAL...
... UMSO SCHARFSIN-NIGER...

»ABER DU MUSST NICHT UNBEDINGT TEILNEHMEN.«
»AN DER BEERDIGUNG UND SO.«

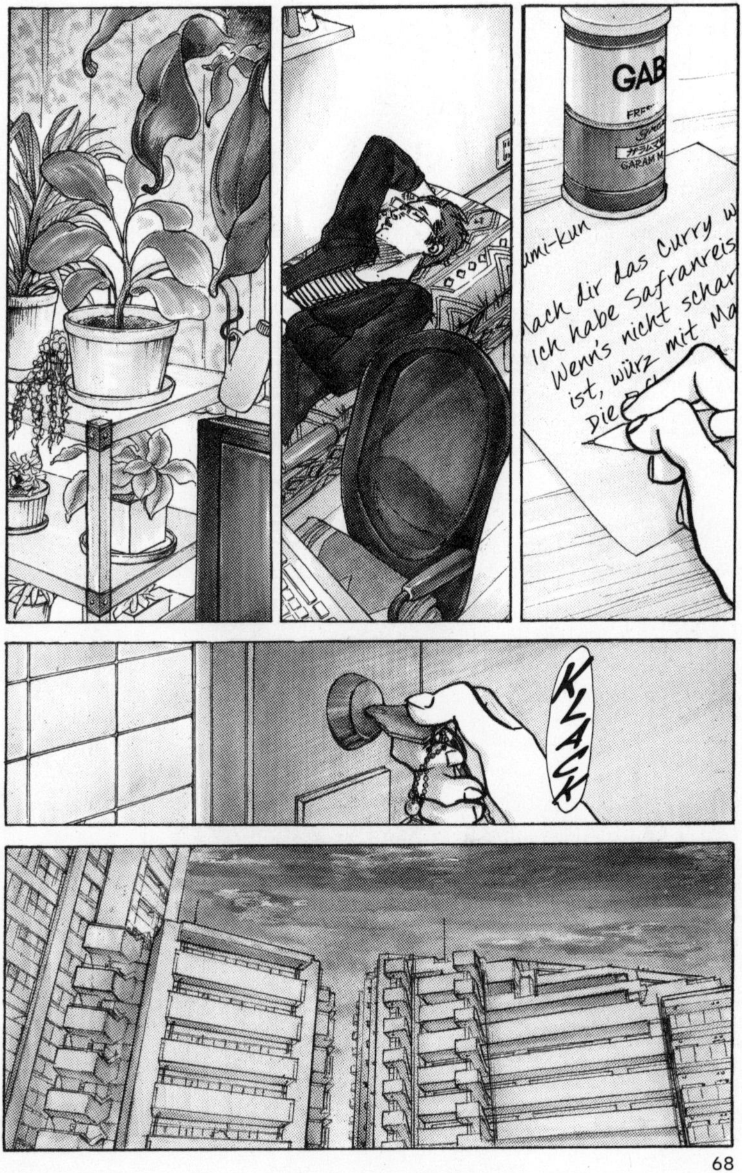
GAB
GARAM M
mi-kun
ach dir das Curry w
ich habe Safranreis
Wenn's nicht schar
ist, würz mit Ma
KLACK

17:30
www7.eki-net.com
Von
Tokyo
18:00
Shin-Osaka
20:33
Sitzplatz: normal/Nichtrauche
Personenzahl:

NAKAJIMA!!

WAS MACH ICH DENN JETZT?!

63. Bungei Newcomer-Preis,
Nap Land von Ritsuko Kaji

DU BIST KRASS!
ICH SAG DOCH, DU GEHÖRST ZU DENEN, DIE DINGEN *EINEN SINN GEBEN* KÖNNEN.
NAKAJIMA...
... WOLLTE STERBEN.
WARTE!
DAS REICHT NICHT! BEVOR ICH ETWAS GE-SCHRIEBEN HABE...
... DAS SICH ALS BEWEIS EIG-NET, DARFST DU NICHT STERBEN, OKAY?

Stromrechnung an Frau Ritsuko Kaji
164-00 Tokyo, Nakano, Higashi Nakano 1-37-20-20

... AUCH LEBEN.
KNISTER
KONK
Atsushi Nakajima

GOOOOOO
ICH HABE NAKAJIMA...

... UMGE-
BRACHT.

KLACK

An:Kaji-Sensei
...
»ABER IHRE DETAILVERLIEBTHEIT IN DER BESCHREIBUNG?«
»WIRKLICH KRASS!«
Wie wäre es, wenn Sie noch einmal über Aoi aus Nap Land schreiben? Ich finde, er hatte von allen Charakteren die stärkste Präsenz. Wie sind Sie auf diese beeindruckende Figur gekommen
Als Redakteur wie als Les
ich mehr unbedingt
Zeit würde

würde mich sehr
Wollen wir
KLCK KLCK
würde mich
Wollen wir was trinken gehen?
DIT
Wo sind Sie gerade?
DVONG

Wollen wir was trink
Wo sind Sie gerade?
War nur ein Witz.
DIT
Möchten Sie ein Zimmer buchen?
Hier ist das Seikyu-Hotel Shibuya.
VURRR

Kapitel 2 / Ende

Kapitel 3
午睡の国
BLAMM
UNMÖG-
LICH!

KLICK
KLICK
KLICK
nach House!
Wie lange noch?
DONG
Du nervst!
AH!
BLAMM
DA BIST DU JA, KOI-SCHATZ!
WAS IST LOS MIT DIR?! ECHT MAL!!

HE, WIE REDEST DU MIT DEINER SÜSSEN FREUNDIN?!
HUAAAH!
HÄ?! DU BIST WAS?
WIR HATTEN NUR SEX!
DU BIST JETZT SCHON ZEHN TAGE HIER, ODER?
WANN HAST DU VOR ZU VERSCHWINDEN??
HAST DU HUNGER, KOISCHATZ? WILLST DU PIZZA-CHIPS?!
HAST DU KEINEN JOB?
MEINE CHIPS, ODER?
ICH HAB GEKÜNDIGT.
CHIPS SIND LECKERER, WENN MAN DIE TÜTE UNTEN AUFMACHT!
HÄÄÄÄ?!
ICH HAB DAS HIER GELESEN.

BIST DU FÜR SIE ZUSTÄNDIG?
EY... DU KANNST NICHT... DAS IST EIN BESONDERES...
DEINE HÄNDE SIND FETTIG!
DIE FRAU MACHT MIR IRGENDWIE ANGST.
ICH HAB DAS GEFÜHL, DER KOMMT MAN BESSER NICHT ZU NAH.
HÄ? WIESO? ERKLÄR MIR DAS!
KEINE AHNUNG!
KANN ICH NICHT.
GEH MIR VON DER PELLE!
LOS! QUETSCH DEIN GEHIRN AUS!!
ÄHM, WARUM GRINST DU SO, KOISCHATZ?

* Gruppe von fünf Universitäten mit Hauptsitz in Tokyo

Literatur, Abt. 1

BETREUT MAN HIER ALS REDAKTEUR NICHT VIELE AUTOREN?
IST DAS TRADITION ODER SO?
JA, WENN DU...
... ALLE ZUSAGEN HAST, KANNST DU DICH BESCHWEREN.
NEIN!
HAB ICH DOCH.
ICH WARTE NUR NOCH AUF AKIBAS ANTWORT.
AKIBA... HAST DU SIE...
... ANGERUFEN UND DIE ANTWORT ANGEMAHNT?
NEIN, NEIN, DAS IST ZU RISKANT.
SIE HAT MIR IN EINER MAIL GESCHRIEBEN...
... DASS SIE DEPRESSIV IST UND STERBEN MÖCHTE.
WENN ICH IHR ZU VIEL DRUCK MACHE...
HÖR ZU, KOIDE...
ICH VERRATE DIR EINS...
»ICH MÖCHTE STERBEN« IST EINE DER LIEBLINGSAUSREDEN VON SCHRIFTSTELLERN.

GERADE DIE, DIE STÄNDIG DAVON REDEN, STERBEN GANZ SICHER NICHT. DESHALB...
... KANNST DU IHR RUHIG DRUCK MACHEN.
SO IST DAS ALSO?
JETZT RUF SIE SCHON AN!!
UND DANN HILF MIR, REZENSIONEN AUSZUSCHNEIDEN.
AYE...
OH, UND DANN...

EIN RAT VON EINER ALTEN SCHACHTEL...
BEI DIESER KAJI SOLLTEST DU VORSICHTIG SEIN.
ES HAT BEREITS EIN REDAKTEUR WEGEN EINER AFFÄRE MIT IHR GEKÜNDIGT.
ACH WAS...
ABER ...
... SIE IST EHER EINE ALTE FURIE...
ICH SAG BESSER NICHTS.

…
»RITSUKO KAJI«?
SIE HAT MIT IHREM DEBÜT EINEN KLEINEN HIT GELANDET…
NEE, KENN ICH NICHT…
ABER ICH BIN SCHON IMMER BEIM WOCHENMAGAZIN.
ICH INTERESSIERE MICH NICHT FÜR LITERATUR.
ES GAB WOHL ÄRGER WEGEN EINER INTERNEN LIEBESAFFÄRE.

WANN WAR DAS?
SEIT FÜNF JAHREN HAT SIE NICHTS MEHR GESCHRIEBEN...
WER WAR DENN DAMALS IN DER LITERATURABTEILUNG...
AH!
DER MUSS JA MIT MIR ZUSAMMEN ANGEFANGEN HABEN!
WIE HIESS DER?
NODA! DER TYP HIESS NODA!
DER REDAKTEUR, DER GEHEN MUSSTE.
ER WAR VÖLLIG BESESSEN VON DER AUTORIN, FÜR DIE ER ZUSTÄNDIG WAR...
SEINE FRAU KAM MIT EINEM MESSER IN DEN VERLAG...
... UND DROHTE, SICH UMZUBRINGEN, WENN ER DIE AUTORIN WEITERSCHREIBEN LÄSST.

* Elite-Uni in Tokyo

EGAL. ABER STELL MIR DOCH...
... MAL LIEBER EIN MÄDCHEN VOR.
SEIT DU HIER BIST, LÄUFT'S BEI PARTYS NICHT MEHR SO GUT FÜR MICH.
WIESO GRINST DU SO?
Kaji-Sensei
Wollen wir was trinken gehen?
Wo sind Sie gerade?
War nur ein Witz.

109
»WAR NUR EIN WITZ«...
WIE...
... SOLL ICH DAS VERSTEHEN?

NEE, ODER?
ICH GLAUB...
... DAS IST MEIN GLÜCKSTAG!

KAJI-SENSEI?!
ÄHM, AH... KOIKE-SAN.
ICH HEISSE KOIDE!!
WAS MACHEN SIE DENN HIER?!
ICH WOLLTE EIN PAAR TEIGTASCHEN KAUFEN...

ALSO, DASS IST JA WIRKLICH EIN ZUFALL!
IN DIESER WÜSTE TOKYO!!
IM DSCHUNGEL SHIBUYA...
... TREFFEN SICH ZUFÄLLIG ZWEI MENSCHEN, DIE SICH KENNEN...
ICH GLAUBE, DAS KOMMT ZIEMLICH HÄUFIG VOR.
ÄHM... BITTE ENTSCHULDIGEN SIE WEGEN NEULICH.
ICH WAR EIN BISSCHEN BESCHWIPST UND HAB... ÄHM...
... DIESE SELTSAME NACHRICHT GESCHRIEBEN...

ES TUT MIR LEID, ABER ICH KANN...
... IHRE ERWARTUN-GEN NICHT ERFÜLLEN.
SIE BRAU-CHEN SICH... NICHT MEHR STÄNDIG BEI MIR ZU MELDEN.
VER-SENKT...
ABER ICH LASS MICH NICHT UNTER-KRIEGEN!
IST ES...
IST ES WEGEN NODA, IHREM MANN?

ICH HÖRTE, DASS NODAS EX-FRAU...
... WEGEN GERÜCHTEN ÜBER SIE...
... IM VERLAG MIT SELBSTMORD GEDROHT HAT.
FALLS SIE SICH DAFÜR VERANTWORTLICH FÜHLEN UND DESHALB NICHT MEHR SCHREIBEN...
... FÄNDE ICH DAS SEHR SCHADE. UND ES BRINGT GAR NICHTS.
DENN GERADE DIE...
... DIE STÄNDIG VOM STERBEN REDEN, STERBEN GANZ SICHER NICHT.
HAHA...

Kapitel 3 / Ende

Kapitel 4
BLAMM
WAS...
... SOLL DAS?!

AH, DA BIST DU JA ENDLICH, KOI-SCHATZ!
WAS IST DAS FÜR EIN SELTSAMER GERUCH?!
ACH, DAS?
ICH HAB MARMELADE GEKOCHT!
NA, WAS SAGST DU? KRASS, ODER?
DU HAST IN MEINEM SPEZIAL-GEWÜRZ-CURRY-TOPF...
DER ZUCKER IST ANGEBRANNT...
ICH HATTE EBEN LANGEWEILE!
ES KOSTET VIEL ENERGIE, DEN GANZEN TAG AUF DIE RÜCKKEHR DES EHEMANNS ZU WARTEN!
Kapitel 4

ALS HAUSFRAU MUSS MAN ECHT ZIEMLICH TOUGH SEIN!
ICH WOLLTE MAL AUS-PROBIEREN, WAS SIE SO MACHEN...
... UND HABE ES MIT MARMELADE VERSUCHT.
HAB DIE FRÜCHTE KLEINGE-SCHNITTEN UND MIT ZU-CKER IM TOPF EINGEKOCHT, ABER...
... WENN DAS SO VOR SICH HIN BLUB-BERT...
... VERGISST MAN ALLMÄHLICH DIE ZEIT... ODER DREHT DURCH? HAUSFRAUEN-HIGH?
ICH DACHTE: AAAAH... TAGEIN, TAGAUS MARME-LADE KOCHEN... SO EIN LEBEN KÖNNTE ICH MIR GUT VORSTEL-LEN!
DU HÖRST MIR GAR NICHT ZU, ODER?

WAS REDEST DU DA EIGENTLICH??
DAS IST MEINE WOHNUNG, DU MUSST NICHT AUF MICH WARTEN!
GEH NACH HAUSE, OKAY?
DIESER UNHÖFLICHE TON! DAS ZIEMT SICH NICHT...
... FÜR DEN ANGESTELLTEN EINES ERSTKLASSIGEN UNTERNEHMENS!!
MAKI!! GEH NACH HAUSE!!
ICH BIN EXTREM ANGEFIXT, WEIL ICH EINEN ROHEDELSTEIN VOR MIR HABE!!
WIE JETZT?! WIR HATTEN DOCH GESTERN NOCH MAL SEX!
...
UND WIE! ZWEIMAL, UND HEUTE MORGEN WIEDER!
...
OKAY, MAKI...
ICH GEHE.

ICH WERDE EINE WEILE WEG SEIN, UND MÖCHTE, DASS DU IN DER ZWISCHENZEIT VERSCHWIN-DEST!
WAS, ECHT JETZT? WO-HIN GEHST DU DENN?
IN DEN WESTEN...
NACH OSAKA!
WESTEN IST DA, KOI-SCHATZ.
WAS?!

AOI HAT STÄNDIG VOM STERBEN GEREDET? HEISST DAS...
... ER HAT IHNEN SEINEN SELBSTMORD ANGEKÜNDIGT?
WANN WAR DAS UNGEFÄHR?
ICH HABE MEINEN ROMAN EIGENTLICH...
... GESCHRIEBEN, UM IHN DAVON ABZUHALTEN.
DAS...
... IST JA SPANNEND. DENN DAS IST EIN THEMA...

ZUCK
...
... DASS ENORMES ...
SCHEINT IHR GUT ZU SCHMECKEN...
... INTE-RESSE WECKT.
ICH WOLLTE »AOI« RET-TEN, ABER...
... ER IST AM ENDE...
... TROTZDEM GESTORBEN.

AUCH WENN DER ROMAN IHN NICHT RETTEN KONNTE...
IHR KONFLIKT AUFGRUND DIESER TAT-SACHE GIBT DOCH ...
... GENUG STOFF HER...
DENKEN SIE NICHT, DASS ER LITERARI-SCHEN WERT HAT?
VOR FÜNF JAHREN BE-KAM ICH EINEN BRIEF.
VON AOI?
WAS STAND DARIN?
ICH GLAU-BE, ER ENTHIELT NUR...
... EINE HERAUS-GERISSENE SEITE AUS MEINEM ROMAN...

ER HATTE SCHON IMMER SOLCHE POETISCHEN DINGE GETAN...
RATSCH
... UND ICH HABE DAMALS GLEICH BEGRIFFEN, DASS ES...
... EINE MESSAGE SEIN SOLLTE... ES HAT MICH VERÄRGERT.
ICH HABE...
... DEN BRIEF UNGESEHEN WEGGEWORFEN.
DAS HEISST, WELCHE ...
... SZENE ES WAR...
... WEISS ICH NICHT.
MAN KANN SICH ZIEMLICH...
... INS ZEUG LEGEN, WENN JEMAND STÄNDIG SAGT »ICH WERDE STERBEN!«.
MAN ÜBERLEGT, WAS MAN TUN KANN, DAMIT ER NICHT STIRBT.
PLUMPS
ABER...

... GENAU IM MOMENT, ALS ER SAGTE »ICH WILL LEBEN!« UND UM HILFE BAT, HABE ICH SEINE HAND LOSGELASSEN.

FRÖSTEL
KAJI-SENSEI...
DARÜBER KÖNNEN SIE SCHREIBEN!
»DIE PROTAGONISTIN, DIE SICH MIT SELBSTANKLAGEN QUÄLT« ...
»DAS RÄTSEL HINTER SEINEM TOD?«... JA!!
DIE WAHRHEIT ÜBER AOIS TOD IST DER AUFHÄNGER FÜR IHREN NÄCHSTEN ROMAN!!

DER BRIEF, DIE SEITE AUS DEM ROMAN...
... DAS KLINGT WUNDERBAR MYSTERIÖS, ODER?
MOMENT, BITTE...
DAS ALS STOFF ZU VERWENDEN...
... FÜHLT SICH WIRKLICH FALSCH AN.
BEI WEITEM BESSER, ALS EINEN VERSTORBENEN...
... EINFACH TOT SEIN ZU LASSEN. WOLLEN WIR NICHT GEMEINSAM...
... HERAUSFINDEN, WAS NAKAJIMA MIT SEINEM BRIEF SAGEN WOLLTE?

»EIN ANGEKÜN-DIGTER SELBST-MORD«...
渋谷駅
»EIN EINZIGER BRIEF«...
»EINE HERAUS-GERISSENE SEITE«...
»EIN TOD WIE ANGEKÜN-DIGT«...
KAJI-SENSEI!

JA?
ICH WOLLTE NUR... ICH FINDE ES TOLL VON IHNEN...
... DASS SIE ZUR BEERDI-GUNG EXTRA NACH OSAKA GEFAHREN SIND.
ICH BIN NIRGENDWOHIN GEFAHREN.

»... HABE ICH SEINE HAND LOSGELAS-SEN.«
WAS...?

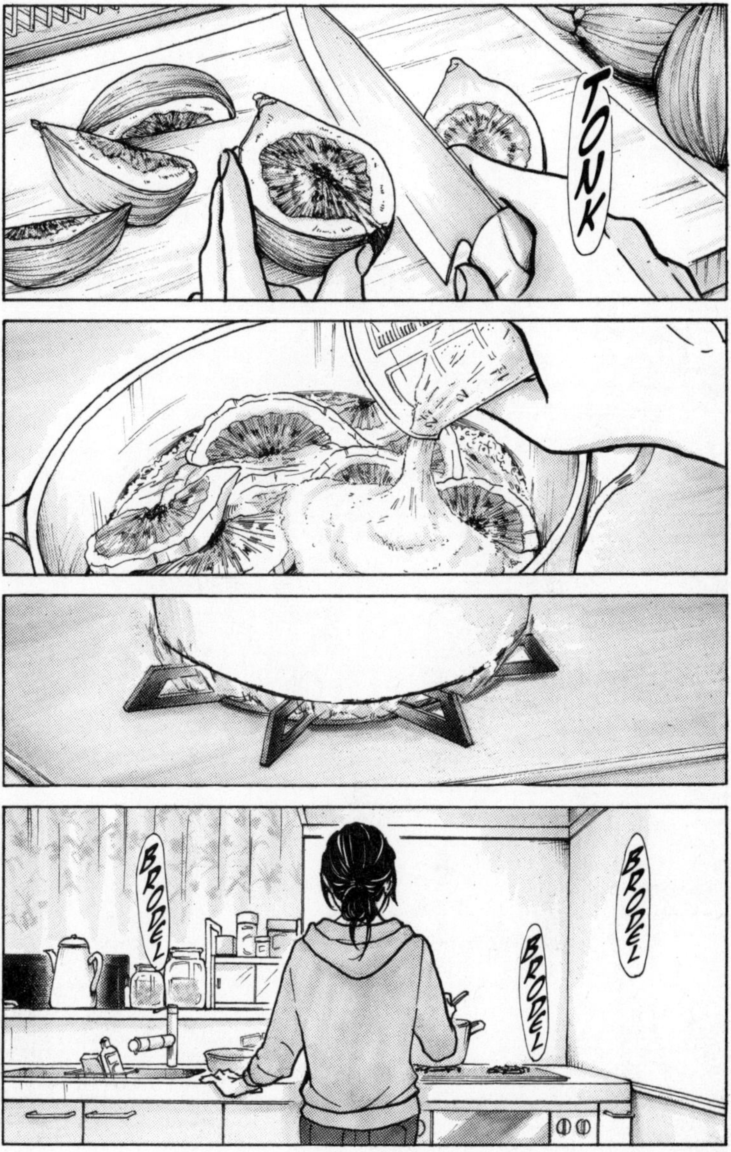
TONK
BRODEL
BRODEL
BRODEL

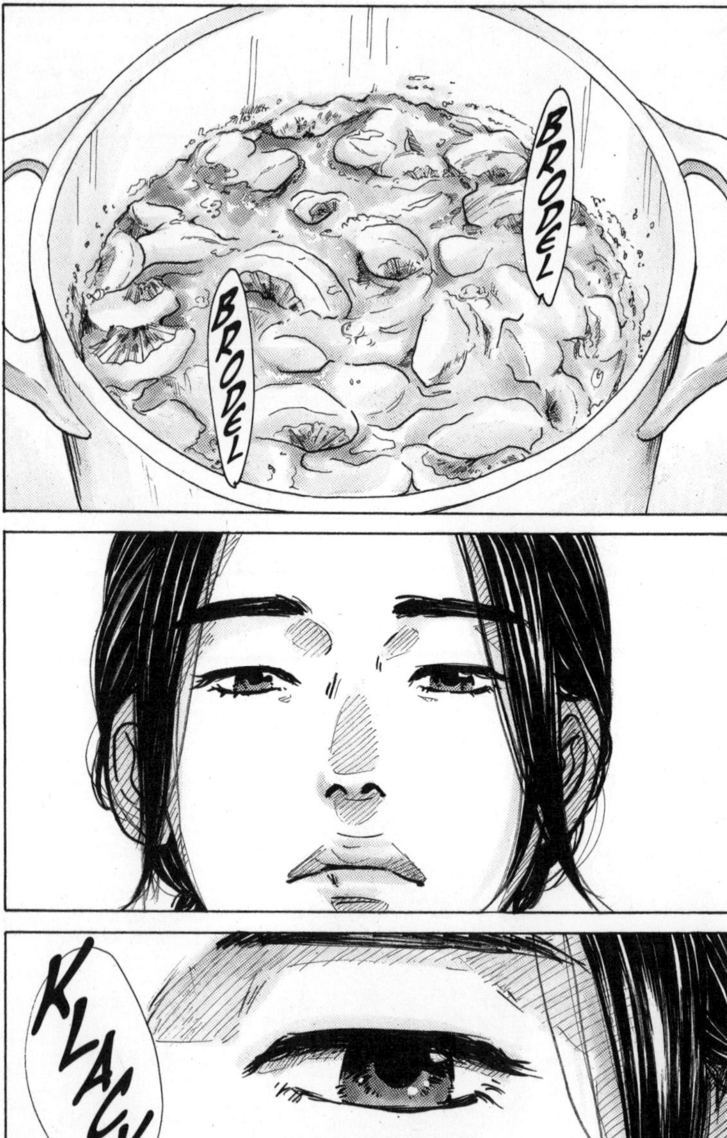
BRODEL
BRODEL
KLACK

DIESER FANTASTISCHE DUFT...
SEIT WANN BIST DU ZURÜCK?
SEIT SECHS UNGEFÄHR... DU HAST FEST GESCHLAFEN.
JA, ICH HAB BIS MITTAG DURCHGEARBEITET...
WAS IST DAS FÜR MARMELADE?
FEIGEN. SIE WAREN GERADE GÜNSTIG...
SIEHT LECKER AUS...
DU BIST BESTIMMT...
... ERSCHÖPFT VON DER REISE!
DRAUSSEN SEIN STRESST MICH...
ICH WÜRDE AM LIEBSTEN IMMER MARMELADE KOCHEN.
ICH FÄNDE ES AUCH SCHÖN, WENN DU IMMER HIER WÄRST.

DU BRAUCHST KEINE ANDEREN MENSCHEN ZU TREFFEN AUSSER MIR.
OH, ICH HAB DIR TEIGTASCHEN GEKAUFT.
JUCHHU! KOMM, WIR BRATEN SIE!
ICH MACH NOCH SALAT DAZU.
KÖSTLICH!!
JA, ODER?
ALSO ECHT, ICH LIEBE DIESE DINGER!
DANN FAHRE ICH MORGEN GLEICH WIEDER NACH OSAKA.

Kapitel 4 / Ende

Kapitel 5

Looking for it right now.
Ok. so let's stop talkin'
RITSU, DU MÜSSTEST...
... BALD DEINEN EISPRUNG HABEN, ODER?

WAS... JA?
WARTE, ICH HAB'S IM KALENDER EINGETRAGEN.
HIER! DAS IST DEINE LETZTE PERIODE...
... ALSO MÜSSTE SICH DAS EI DA AUF DEN WEG GEMACHT HABEN.
HEUTE IST EINE BEFRUCHTUNG MÖGLICH.
OB DEINE WEIBLICHEN HORMONE SEHR STARK SIND?
DEINE PERIODE IST SO REGELMÄSSIG, DAS MACHT ES EINFACH!
HEUTE KÖNNTE ES KLAPPEN! KANN ICH IN DIR KOMMEN?

AH...
AAAH...
ICH BEWEGE MICH JETZT...
JA...
FUMI-KUN...
DU KANNST DOCH AUCH...
... IN MIR KOMMEN, WENN ICH NICHT...
... SCHWANGER WERDEN KANN.
RITSU...
ICH...

HH
HH
ICH...
... MÖCH-TE MIT DIR SCHLAFEN, UM DICH ZUR MUTTER ZU MACHEN.
HH
... MÖCHTE DICH SEHEN, WENN DU MEIN BABY ZUR WELT BRINGST.

HH
BIN ICH DIR SO...
... NICHT GENUG?
HH
STELL ES DIR VOR, RITSU...
DU ALS MUTTER UND ICH ALS VATER.
HH
ICH WILL NICHTS MEHR VER-LIEREN...
BIS ICH MIT DIR DIE PERFEKTE FAMILIE BIN...
HH
... VERLIERE ICH TÄGLICH ETWAS ZUKUNFT MIT MEINEN KINDERN.

ICH FINDE ES BELASTEND...
... WENN DU DEINE ZUKUNFT MEINEM KÖRPER ANVERTRAUST...
AH!
ICH KOMME IN DIR...

SCHNARCH
»DEINE PERIODE IST SO REGELMÄS-SIG...«
DTSCH
SCHLUCK
KLAR IST SIE DAS.
ICH NEHME JA AUCH DIE PILLE.

Sensei, wir sollten nach Osaka fahren.
Das ist jetzt viel sinnvoller als hierzubleiben.

NA LOS, LASS UNS SCHNELL AUS DIESEM LOCH VERSCHWIN-DEN!
NAKA-JIMA... ABER... ICH...
WOHIN...?

WOHIN AUCH IMMER... IST AUF JEDEN FALL BESSER ALS HIERZU-BLEIBEN.

東京
とうきょう
Tokyo
新
Auf Gleis 16 hat Einfahrt der Zug...
... von Tokyo nach Shin-Osaka.

指定席
ALSO ICH HOFFE...
... WIR FINDEN SIE OHNE PRO-BLEME!
HM?
DIE SEITE, DIE AOI IN DEM BRIEF GESCHICKT HAT!
...
SO FINDEN WIR HERAUS, WARUM ER GESTORBEN IST...
SIE WOLLEN DOCH DIE WAHRHEIT ERFAHREN, ODER?!
...
OH, SIE HABEN DEN MUND VOLL...
... MIT DEM GAR-NELEN-MOCHI, ODER?

NEHMEN SIE EINEN SCHLUCK TEE!
SIE GUCKEN WIE JEMAND...
... DER VON SEINER SCHWESTER UNGEFRAGT FÜR EIN CASTING ANGEMELDET WURDE.
UND SIE WÜRDEN AUCH PFLICHTBEWUSST HINGEHEN, ODER?
DABEI MÜSSTEN SIE GAR NICHT.
NANU...
NANU?!
HATTE ICH IHNEN DAS ERZÄHLT?!
SHIN-OSAKA STATION

RATTER
RATTER
RATTER
RATTER
ALS ERS-TES...
... FAHREN WIR ZU SEINEM ELTERN-HAUS!
RATTER
WIR MÜS-SEN DORT UMSTEIGEN. ÜBRIGENS ...
... WAS HABEN SIE IN DEM GROSSEN KOFFER?
HÄ?!
NA JA, DAS ÜBLICHE, KIS-SEN, FÖHN UND SO!

RITSU... ES IST SO LANGE HER...
502
中島
NAKAJIMA
宏美
淳美
明里
絵
WIR HABEN ALLES GELASSEN WIE ES WAR. SIEH DICH IN RUHE UM.

...
DAS IST AOIS ZIMMER...

ES SIND EINE MENGE BÜCHER MEHR, NICHT WAHR?
DU KANNST GERN WELCHE MITNEHMEN.
ÄHM...
WO IST EMI?
SIE IST BEI IHRER OMA UNTERGESCHLÜPFT.
DIE ARME... SIE HAT IHREN BRUDER GEFUNDEN.
SCHEPPER
HIER OBEN... HAT MAN EINEN WIRKLICH SCHÖNEN AUSBLICK.
AN DEM TAG WAR AUCH SO GUTES WETTER WIE HEUTE.

ICH WÜR-
DE KEINEN
STRICK AN
DIE TÜR HÄN-
GEN...

RATTER
... SONDERN LIEBER HIER AUS DEM FENSTER SPRINGEN.
NEIN...

DAS WAR DOCH EIN SCHERZ...
WAS IST DENN HIER LOS?

EMI-CHAN...
EMI-CHAN...
WARST DU... IN DER SCHULE?
WAS MACHST DU IM ZIMMER MEINES BRUDERS?
WIR VERSUCHEN GERADE DARÜBER HINWEGZUKOMMEN!

Kapitel 5 / Ende

Kapitel 6
千樹台団地
案内図
RATTER
RATTER RATTER
RATTER RATTER RATTER
RATTER RATTER

RATTER
KOIDE-SAN...
ES TUT MIR LEID. ICH WAR EBEN...
... SO VERWIRRT, DASS ICH VERGESSEN HABE, DAS BUCH...
ICH HABE EIN ANDEN-KEN...
... MITGE-NOMMEN!

Kapitel 6

... 161 ...
KOIDE-SAN, KANN ICH...
... IHNEN EINE FRAGE STELLEN?
... 164... JA.
WIE GROSS SIND SIE?
...
ICH BIN 1,73.
166...
ECHT? ICH DACHTE SIE WÄREN ...
... GRÖSSER, SO UNGEFÄHR 1,76.
176...

SENSEI!
BITTE ESSEN SIE DOCH EINE KLEINIGKEIT!
172...
アイスクレープ
¥390
188kcal
... 176...
... 180...
188 KALORIEN!
DIESES EIS HAT 188 KALORIEN!
WIEVIEL PROZENT DES TÄGLICHEN BEDARFS EINER FRAU MAG DAS SEIN?
SENSEI...
BITTE LASSEN SIE DOCH JETZT DIESEN KINDERKRAM...
ABER DIE SITUATION IST EINFACH EXTREM SELTSAM!

HIHI...
AHAHA-HAHA!
EXTREM SELTSAM...
... FINDE ICH EHER, WARUM SIE PLÖTZLICH SO LACHT...
FH...
»VERSCHWINDE VON HIER, DU HEXE!«
HAHA...
LEIDER IST DIESES BUCH VOLLKOMMEN UNVERSEHRT!

AUS DIE-SEM BUCH WURDE...
... KEINE EINZIGE SEITE RAUS-GERISSEN.
WAS TUN WIR JETZT?
GIBT ES SONST JEMANDEN, DEN WIR NACH AOI FRAGEN KÖNNEN?
»KAJI...«
»NAKAJIMA IST TOT.«
JA, MEINEN...
... EX-FREUND.

IST ES OKAY FÜR SIE...
... IHN ANZURUFEN?
ES IST SCHLIESSLICH EINE RECHERCHE.
DRR
DURRR
THE PRINCE

VIELEN DANK, DASS SIE FÜR MICH MIT RESERVIERT HABEN.
ICH HABE LEIDER KEIN GUTES VERHÄLTNIS ZU MEINEN ELTERN...
KEIN PROBLEM, DIE SPESEN ZAHLT DER VERLAG.
WIRD DIE BUCHHALTUNG KAUM DURCHWINKEN.
ICH BEZAHL'S SELBST, ABER EGAL JETZT!!
OB ES WIRKLICH SO IST?
HÄ? WAS MEINEN SIE?
BEVOR WIR NACH OSAKA GEFAHREN SIND, HABEN SIE GESAGT...
»ES IST SINNVOLLER ALS HIERZUBLEIBEN«.
1209~1211
ICH WEISS ES NICHT, ABER...
... SIE LACHEN MEHR ALS BEI UNSEREM TREFFEN IN TOKYO.

DAS STIMMT!
ICH BIN EINE UN-GEZOGENE FRAU, NICHT WAHR?
1209
GUTE NACHT!
BLAMM

DA SIND SIE NICHT ALLEIN!!
21:15
Eingegangener Anruf Kazufumi Noda
Nachricht Kazufumi Noda

DLOFF
HALLO?

Sollen wir uns heute irgendwo treffen?
Ich will dir sowieso was erzählen.
UNGEZOGEN ...?

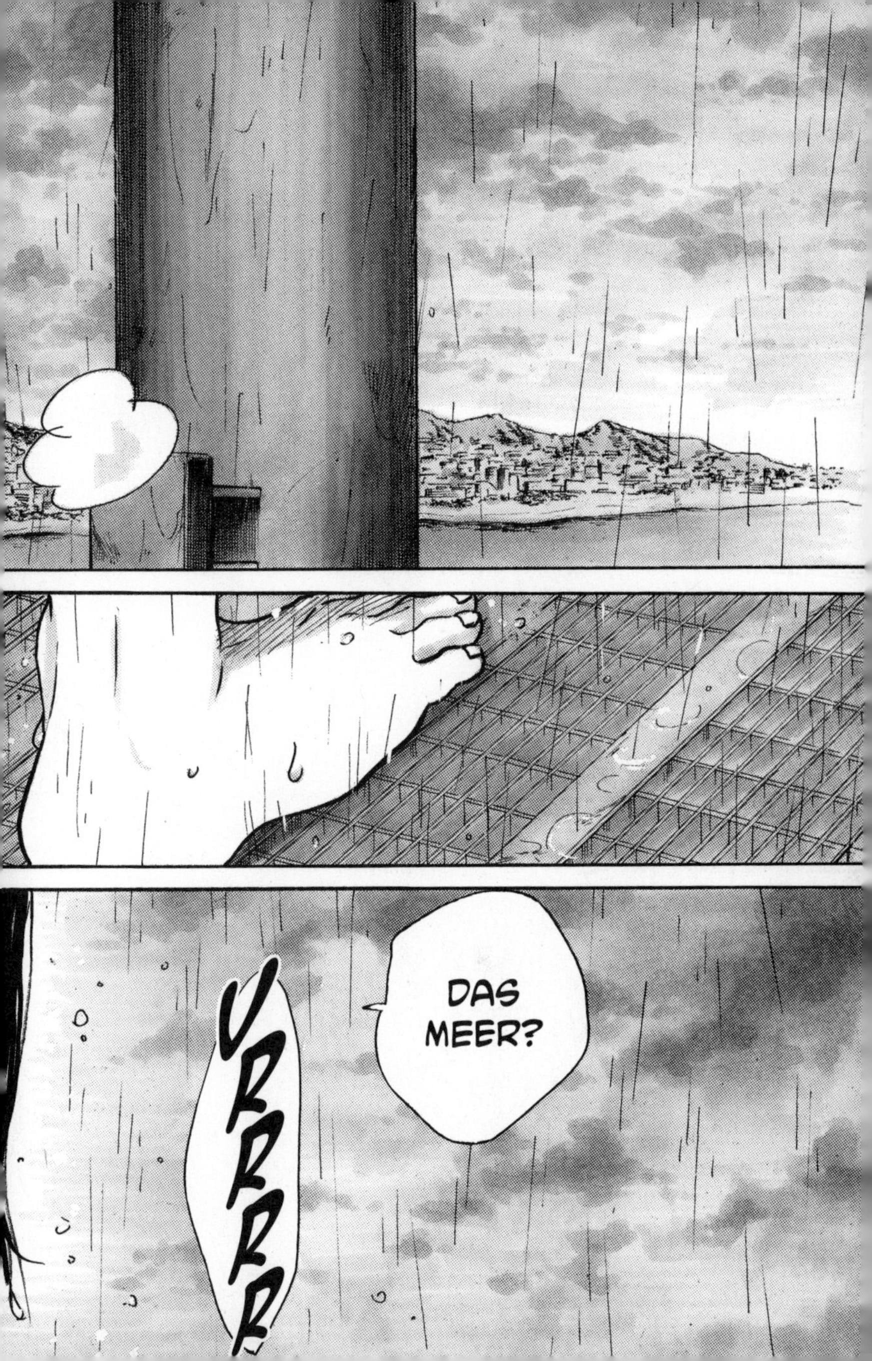
DAS MEER?
VRRRRR

URRRR

URRR
URRR
URRR
URRR
JA?
Guten Morgen! Wir wollten uns um diese Zeit treffen!
IM ERNST?
Mein Ernst!

AH!
BITTE LASSEN SIE UNS GEGENÜBER VOM RESTAU-RANT RAUS.
FÜNF MINUTEN VERSPÄ-TUNG...
VRUOMM
BEEILEN WIR UNS.
JA...
ACH WER VON IHNEN HAT DENN...
... DAMALS SCHLUSS GEMACHT?
MEIN EX HAT MICH GANZ MIES ABGE-SCHOSSEN.

Kapitel 6 / Ende

ANDO...
LANGE NICHT GESEHEN...
DARF ICH MICH VORSTELLEN?
ICH BIN KOIDE, ICH LEBE *IN WILDER EHE* MIT RITSUKO.
...

秋のご馳走
熊本宮城
SIE WISSEN WAHRSCHEINLICH...
... DASS WIR AN DER UNI EIN PAAR WAREN...
WIR HABEN OFT ETWAS MIT MEINEM BESTEN FREUND NAKAJIMA UNTERNOMMEN.
TUT MIR LEID, ANDO. DU HAST MICH GLEICH ANGERUFEN...
... ABER ICH HABE ES NICHT ZUR BEERDIGUNG GESCHAFFT.

SSHL
»NICHT GESCHAFFT« ...
NA JA... WAR VIEL-LEICHT GANZ GUT SO.
EHRLICH GESAGT, WAR TIERISCH VIEL STRESS, BIS DIE BEERDI-GUNG VORBEI WAR...
SO KÖNNEN WIR UNS BESSER IN RUHE UNTER-HALTEN.
DU WARST ZIEMLICH GUT MIT NAKAJIMA BEFREUNDET, ODER?
...
ÄHM...
... RITSUKO HATTE IN DEN LETZTEN JAHREN KAUM NOCH KONTAKT ZU IHM...
... DESHALB MACHT IHR DIESE TRAGÖDIE SEHR ZU SCHAFFEN!

ICH HABE IHN AUCH NICHT MEHR GESEHEN...
LAG VIELLEICHT AN SEINER DEPRESSION.
ER HATTE DEN KONTAKT ZU ALL SEINEN FREUNDEN ABGEBROCHEN.
DANN WAREN WOHL NICHT VIELE BEI DER BEERDIGUNG?
NEIN... TATSÄCHLICH WAREN...
... NUR SEINE KLEINE SCHWESTER, SEINE ELTERN...
... UND SEINE FREUNDIN DA.
DU MEINST... SAHO?
JA, SAHO...
UND GENAU ÜBER SIE...
... WOLLTE ICH HEUTE MIT DIR REDEN.
SIE...

... HATTE KURZ VORHER EINEN HEIRATSANTRAG VON IHM BEKOMMEN...
... UND FRAGT SICH, OB IHRE ABLEHNUNG DER AUSLÖSER WAR.
SIE IST GANZ SCHÖN DOWN.
ÄHM... IHR KENNT DIESE SAHO BEIDE?
SIE IST MEINE EHEMALIGE BESTE FREUNDIN.
SORRY, DASS ICH DAS NICHT GESAGT HATTE.
»EHEMALIGE«...
AH...
ABER NAKAJIMA WAR DEPRESSIV, ODER?
ES IST SICHER NICHT ALLEIN IHRE VERANTWORTUNG...
JA...
... SIE WAR ES NICHT ALLEIN.

NAKAJIMA... ER HAT...
... AM ABEND VOR SEINEM TOD MEHRERE HEIRATSANTRÄGE...
... HINTEREINANDER VERSCHICKT.
HINTEREINANDER?
WAS...
NICHT NUR AN SAHO?

ICH SELBST HABE ES NICHT GESEHEN, ABER...
... SEINE SCHWESTER HAT...
... IN SEINEM HANDY NACHGE-SCHAUT...
MEHRERE, SAGEN SIE...
AN WIE VIELE PERSO-NEN...
Bitte heirate mich.
Bitte heirate mich.
Bitte heirate mich.
Bestätigen
Submenu
Eingang BGX
AN ACHT.

アイ
アイム
めてのご利用に
金利
0円

EMI IST AUCH ZIEMLICH AM BODEN ZERSTÖRT...
... DESHALB WEISS ICH NICHTS GENAUERES.
DIE SACHE IST FURCHTBAR. SAG SAHO BITTE NICHTS, OKAY?
ICH HATTE WEDER MIT NAKAJIMA NOCH MIT IHR KONTAKT.
WEIL SIE DIE »EHEMALIGE BESTE FREUNDIN« IST... KLAR!
VERSTEHE.
DABEI HABT IHR EUCH SO GUT VERSTANDEN.
»DABEI HABT IHR EUCH SO GUT VERSTANDEN«...
DAS WAR BEI UNS BEIDEN AUCH SO, ODER?

HAHA... STIMMT!
WER HÄTTE GE-DACHT, DASS DU SCHRIFT-STELLERIN WIRST...
ICH HAB'S GEKAUFT. »NAP...
... LAND«.
ES HANDELT VON NAKAJIMA, ODER?
ICH DACHTE: »TOLL, ÜBER MICH STEHT GAR NICHTS DRIN!« HAHA...
ICH HABE NICHT GENUG TALENT...
... UM AUS EINER ZUTIEFST SCHRECKLI-CHEN ERFAH-RUNG EINE GESCHICHTE MACHEN ZU KÖNNEN.
AH ...
TJA...

... ICH BIN FÜR EINE RITSUKO KAJI EBEN DER LETZTE DRECK.
SIE WIRD SICHER NOCH VIEL ERFOLG HABEN.
WAS MEINEN SIE, MISTER BOYFRIEND?
ÄH?
OH, JA!!
ER WEICHT GESCHICKT AUS...
... GEWINNT DIE OBERHAND UND SCHLÄGT ZURÜCK!!
MUSS MEINEN BLUTZUCKERSPIEGEL ANHEBEN!
DU HAST DICH VERÄNDERT, ANDO.
DU BIST EHER DER VATER EINES FREUNDES ALS EIN FREUND.
OOH, STELL DIR VOR, ICH WAR...
... BEIM KINDERGARTEN-SPORTFEST IM STAFFELLAUF UND HATTE EINE WOCHE LANG MUSKELKATER.
KLINGT LÄCHERLICH, ABER MEINE FRAU UND KINDER BRINGEN MICH DAZU, EIN GESUNDES LEBEN ZU FÜHREN...
ICH STEHE MORGENS AUF, RAUCHE NICHT MEHR UND BIN GLÜCKLICH, WIE EIN NORMALER MENSCH.

WANN HAST DU MIT DEM RAUCHEN AUFGEHÖRT, RITSUKO?
ICH HÄTTE EINEN NICHT-RAUCHERTISCH NEHMEN SOL-LEN.
ICH HAB AUCH AUF-GEHÖRT...
... ALS ICH EIN KIND BEKOMMEN HABE...
ZACK

WOW...
WUSSTE ICH JA GAR NICHT... WIE ALT?
WENN ES LEBEN WÜRDE...
... WÄRE ES JETZT FÜNF.

DU BIST GANZ BLASS...
ALLES OKAY, RITSUKO?
ES TUT MIR LEID, ICH HÄTTE NICHT DAVON ANFANGEN SOLLEN...
SCHON GUT...
MIR IST NUR EIN BISSCHEN KALT.
ICH GEH MAL KURZ ZUR TOILETTE...
I...ICH KOMME MIT!
NEIN, GEHT SCHON.

SORRY... DAS WUSSTE ICH NICHT.
NEIN, ALSO...
... ICH WAR JETZT SELBST ETWAS ERSCHROCKEN...
ÄH? ABER SIE SIND DOCH IHR MANN.
JA, SCHON, LEBENSGEFÄHRTE HALT...
UND TROTZDEM WUSSTEN SIE ES NICHT?
AH... JA...
ICH GLAUBE, ES WAR MIT IHREM EX-MA... EX-LEBENS...
WIR HABEN DARÜBER NICHT...
IST GUT JETZT MIT IHRER KOMÖDIE.

HÄ?!
SIND SIE ZUFÄLLIG IHR RE-DAKTEUR?
SUCHEN SIE NACH STOFF FÜR EIN NEUES BUCH?
TCHK
DABEI IST JEMAND GESTOR-BEN!
AH...
... ABER, ÄHM...
... ICH BIN WIRKLICH MIT IHR ZU-SAMMEN!!
JA, GUT...
... DAS IST JA MÖGLICH.

RITSUKO BRINGT EINEN AUF GEWISSE GEDANKEN...
... WENN MAN IHR NÄHERKOMMT.
WAS MEINEN SIE MIT »GEWISSE GEDANKEN«?
NA JA... FINDEN SIE NICHT SELTSAM, WAS SIE EBEN ERZÄHLT HAT?
SIE MEINEN, DAS MIT...
... DEM KIND?
SCHT
JA.
ES IST SICHER KOMISCH, WENN ICH DAS SAGE, ABER...
... ES HAT MIR IRGENDWIE EINGELEUCHTET.
HÄ?

HUUUH
HUUUH
HUH
MAN NENNT ES WOHL DIE »ANZIEHUNGSKRAFT DES NEGATIVEN«.
HUH
HUUUH
SIE TUT MIR LEID, ES IST SICHER KEINE ABSICHT, ABER...
HUH

NANU?
WO IST...
... MEIN GESICHT?
ES SCHEINT, ALS OB ALLE MENSCHEN, DIE MIT IHR ZU TUN HATTEN, UNGLÜCKLICH WERDEN...

»VERSCHWINDE VON HIER, DU HEXE!«

NAKAJIMA WURDE SCHWIERIGER, NACHDEM ER SICH...
... MIT RITSUKO ANGEFREUNDET HATTE.
VORHER WAR ER EIN SUPER BASKETBALLSPIELER UND SEHR BELIEBT...
EIN RICHTIGER SUNNY-BOY!
SST
CLUB RIVER
!
IN DEM LADEN HAT ER WOHL ZULETZT GEJOBBT.
WENN ES NUR AUS NEUGIER IST...
... SOLLTEN SIE SICH GUT ÜBERLEGEN, WANN SIE SICH ZURÜCKZIEHEN, HERR REDAKTEUR.
VIELEN DANK FÜR IHRE ZEIT, HERR EX-FREUND.
TONK
BITTE KEHREN SIE ZU IHRER »NORMAL GLÜCKLICHEN« FAMILIE ZURÜCK.

ÄHM...
IHRE BEGLEI-TUNG IST IM TOILETTEN-RAUM!!
KAJI-SENSEI!!
HMM...

Kapitel 7 / Ende

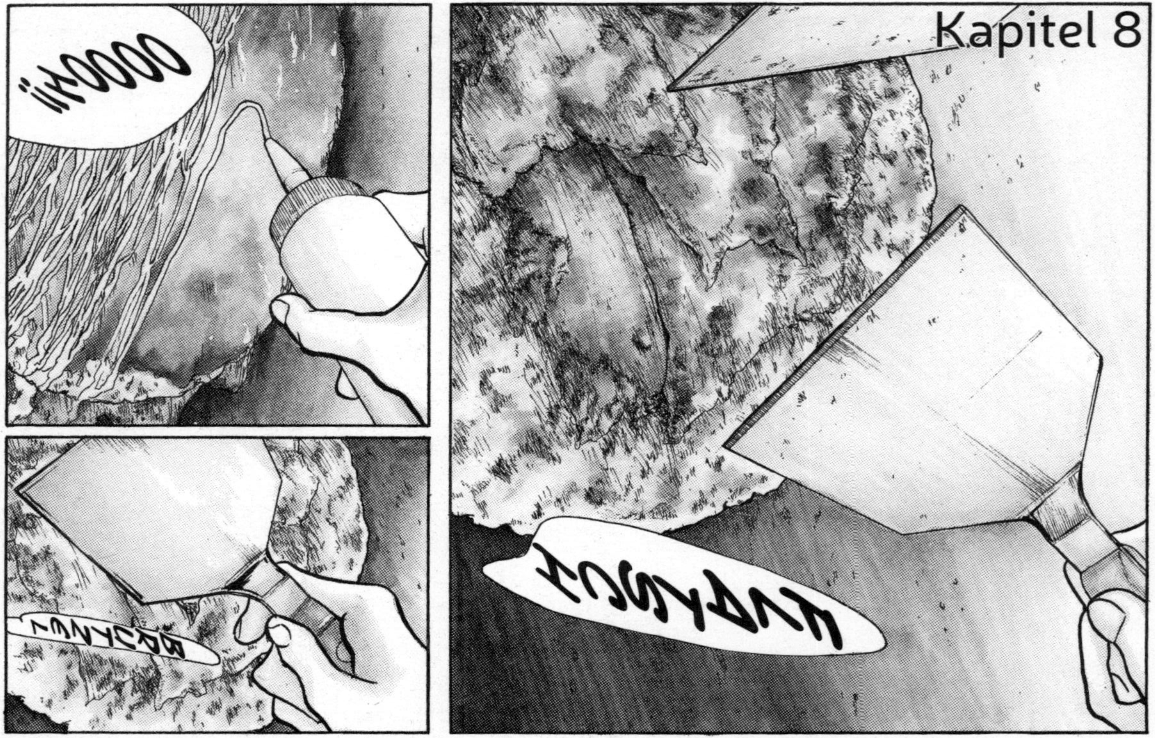
Kapitel 8
FLATSCH
BRUTZEL
OOOOH!!

KLATSCH KLATSCH
SIE SIND ABER GE-SCHICKT!
WENN MAN KNAPP DRAN IST, LERNT MAN KOCHEN, WAS?
EIGENTLICH HABE ICH GENUG AUF DER HOHEN KANTE!
ACH, WIRKLICH?
ICH DACHTE, SIE WÜRDEN ALLES VER-PRASSEN... IHRE UHR ZUM BEISPIEL...
OH...
... DIE WAR EINE BELOHNUNG. DIE LITERATUR-ABTEILUNG...
... WAR IMMER MEIN TRAUM...
SCHÖN, WENN MAN SEIN GELD AUSGEBEN KANN, WIE MAN WILL.
DER GRÖSSTE VORTEIL, WENN MAN SINGLE IST.
WENN MAN HEIRA-TET, GIBT MAN DIE KONTROLLE ÜBER SEIN GELD AB.
OB BEI IHREM EX AUCH DIE EHEFRAU DAS GELD VERWALTET?
TJA... KEINE AHNUNG.
INTERES-SIERT SIE DAS EHE-LEBEN IHRES EX NICHT?

DAS KANN ICH...
... TATSÄCHLICH NICHT BEANTWORTEN...
MIT JA ODER NEIN IST ES NICHT GETAN, ODER?
SIE HABEN DOCH HEUTE...
... ZU ANDO GESAGT, DASS SIE AUS EINER ZUTIEFST...
... SCHRECKLICHEN ERFAHRUNG KEINE GESCHICHTE MACHEN KÖNNEN.
ICH VERMUTE, DAS HEISST...
URRRR
URRRR
..., DASS NOCH GEFÜHLE ZURÜCKGEBLIEBEN SIND?
URR
NUR MEINE PERSÖNLICHE MEINUNG, ABER... DIESER ANDO...
URRR
... IST ES NICHT WERT IST, DASS SIE NOCH ETWAS FÜR IHN EMPFINDEN.
URRR
URRRR
...
WOLLEN SIE NICHT DRANGEHEN?
HÄ?
URRRR
NEIN, NICHT NÖTIG.
URRRR

SCHAB
SCHAB
HABEN SIE SICH AUS MITLEID ALS MEIN LEBENS-GEFÄHRTE...
... VORGE-STELLT, WEIL ANDO MICH ABSERVIERT HAT?
MITLEID WÜRDE ICH ES NICHT NENNEN...
... EHER EIN FRIE-DENSAN-GEBOT.
BIN ICH DENN EIN FEIND?
ICH HABE IHN SEHR GE-LIEBT...
... ABER DIESE »LIEBE« UND DER »VER-LUST«, DER SICH...
... BIS HEUTE FORTSETZT, SIND ZWEI VERSCHIEDENE DINGE.
»VER-LUST«?
ICH INTE-RESSIERE MICH NICHT MEHR FÜR IHN.
ICH KOMME NUR NICHT DA-RÜBER HINWEG, DASS ICH IHN »VERLOREN« HABE.

* japanisches Gericht, auch »japanische Pizza« genannt

VRRR
VRRR
SCHEINT EINE DRINGENDE ANGELEGENHEIT ZU SEIN, ODER?
BEI »MAKI♡«...
VRRR
VRRR
JA, WAS?
Ruf mich nicht ständig an, wenn ich arbeite, okay?
ABER WENN ICH DICH DOCH LIEBE!
Und was speicherst du ungefragt deinen Namen?!
Das ist creepy!
ABER WENN ICH DICH DOCH LIEBE!
Das ist dein Problem, nicht meins!
Koi♡
Und kein Grund, mich zu stören! Ciao!!
ARSCHLOCH!
PLATSCH

ENTSCHULDIGUNG.
HAHAHA!
SIE SIND ZIEMLICH BÖSE, KOIDE-SAN...
NA JA, »BÖSE«? DA IST NAKAJIMA AOI JA WOHL EIN ANDERES KALIBER, ODER?!
EIN HEIRATSANTRAG AN ACHT FRAUEN GLEICHZEITIG... DAS IST SCHOCKIEREND, ODER?
HMM...
ICH HABE...
... EIN EINZIGES MAL IN NAKAJIMAS HANDY GEGUCKT.
WIR WAREN ZUSAMMEN UNTERWEGS...
... UND ES ERGAB SICH EIN MOMENT, DA KONNTE ICH EINEN BLICK DRAUF WERFEN.

IN SEINEN FOTO-ORDNER...
ES WAR NUR EIN KURZER MOMENT...
... ABER IN DEM ORDNER...
Alle Daten
... WAREN UNZÄHLIGE FOTOS VON NACKTEN FRAUEN, DIE IM BETT GEMACHT WORDEN WAREN.

ICH DREH RUNTER, SONST BRENNT IHNEN DAS ESSEN GLEICH AN!!
WAS?
S...
SIE MEINEN, EROTISCHE FOTOS?
ES WAR DIE ZEIT DER FEATUREPHONES, ER HAT SIE WOHL SELBST GEMACHT.
DAS WAR SICHER EIN ZIEMLICHER SCHOCK, ODER?
ICH FRAGE MICH, WARUM...
DIE NACKTEN FRAUEN AUF SEINEM HANDY...
DIE HEIRATSANTRÄGE...
UND, SO SCHRECKLICH ES KLINGT, SELBST WENN NAKAJIMA...
... EINEN MENSCHEN UMGEBRACHT HÄTTE...
... ICH GLAUBE, ICH HÄTTE DAMALS VERSUCHT...
... ES ZU VERSTEHEN.

ICH MÖCHTE DIR JEMANDEN VORSTELLEN, RITSUKO.
WIR SIND SEIT DER MITTELSCHULE BEFREUNDET.
AH…
ICH BIN RITSUKO KAJI.
ICH HEISSE NAKAJIMA.
DANKE, DASS DU AUF ANDO AUFPASST.
EY, WARUM?!
WIESO DENN DAS?
DU MEINST, ER PASST AUF DICH AUF.

HAHA!
MACH WENIGSTENS DIE ZIGARETTE AUS, WENN DU JEMANDEN BEGRÜSST!
WAS?! UND MITAKA?
VON »MITAKA UND ICH« HAB ICH IN DER 100-YEN-ECKE...
... IM BUCHLADEN ZEHN EXEMPLARE GEKAUFT.
HAHA! WER BRAUCHT DENN ZEHN EXEMPLARE?!
NA JA...

... DIESES BUCH DARF MAN DOCH NICHT WIE MÜLL VERKAUFEN!
ICH WILL NICHT SEHEN, WIE ES IM REGAL STEHT, MIT EINEM »100 YEN«-SCHILD DRAUF!
SO EIN GUTES BUCH!
ABER DA DU ALLE GENOMMEN HAST...
... BIST DU IN IHR WIRTSCHAFTSSPIEL EINGESTIEGEN.
DU BIST ECHT...
... GANZ SCHÖN INTELLIGENT.

ZUR BELOHNUNG HAT PAPS MIR SEIN AUTO GELIEHEN.
MEIN FÜHRER-SCHEIN!!
UOH!
DU BIST ERWACH-SEN!!
KOMM, LASS UNS BENZIN VERGEU-DEN!
COOLES STÜCK, »ROCK'N' ROLL«!
WIE FÜHLEN SICH DIE TYPEN, DIE SOLCHE MU-SIK SCHREI-BEN?

STIMMT, OB DIE...
... DIE ETWAS KREIEREN, WAS ANDERE MENSCHEN BERÜHRT...
... SICH DESSEN BEWUSST SIND?
DAS KANN SICH EIN NORMALER MENSCH NICHT VOR-STELLEN.
DU, KAJI...
... SCHREIB EINE SCHÖNE GESCHICHTE FÜR MICH!
HÄH? WAS SOLL DAS DENN AUF EINMAL?
NA JA, WEIL ICH STERBEN WERDE, NOCH BEVOR ICH DREISSIG BIN.
WARTE, SO WAS KANNST DU DOCH NICHT...
KLAR KANN ICH. IST SCHLIESSLICH MEIN LEBEN.

ICH HAB DIR DOCH SCHON MAL ERZÄHLT...
... DASS DIE SCHÖNS-TE SZENE MEINES LE-BENS SCHON VORBEI IST.
MEINST DU DAMIT MICHIRU?
GENAU.
DIE ZEIT JETZT...
... IST SO WAS WIE EIN BONUS-KAPITEL.

WER IST DIESE MICHIRU?
SEINE ERSTE FREUNDIN. HAT SCHNELL SCHLUSS GEMACHT.
WAS?!
NAKAJIMA AOI IST GESTORBEN, WEIL ER...
... NICHT DARÜBER HINWEGGEKOMMEN IST?!
BEGEHT MAN NUR AUS LIEBE...
... ODER WEGEN LIEBESKUMMER SELBSTMORD?
KOIDE-SAN...

MEINE FRAGE GEHT NOCH WEITER.
JEMAND, DER VON DER PERSON VERLASSEN WIRD, DER ER SEIN HERZ ANVERTRAUT HAT...
... LEBT VON DA AN MIT EINEM SCHWARZEN LOCH IM HERZEN WEITER.
ICH WOLLTE NAKAJIMA MIT EINEM ROMAN RETTEN.
ABER MEIN ROMAN KONNTE DAS LOCH IN IHM NICHT AUSFÜLLEN.
ES LÄSST SICH EINFACH NICHT STOPFEN...
... EGAL WIEVIEL MAN DARÜBER SCHREIBT, EGAL MIT WIE VIELEN MAN SEX HAT.

NICHT DER LIEBESKUM-MER HAT IHN IN DEN TOD GETRIEBEN.
NUR DER VERLUST...
... KANN MENSCHEN TÖTEN.

¥250
BOOK SELL
RATSCH
PRINCE HOTEL
...

es okay??
Fumi
KLICK
KLICK
KLICK
Ich brauche noch ein bisschen, um zu finden, was ich vergessen habe. Sorry.

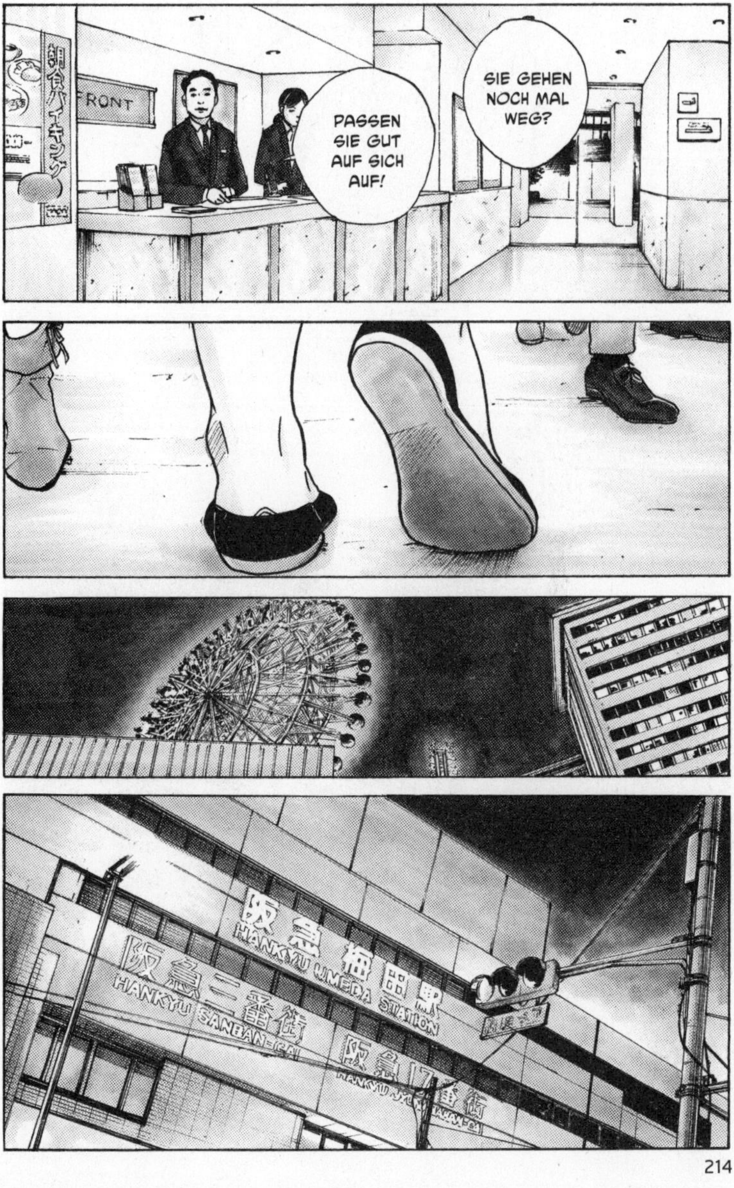
朝食バイキング
FRONT
SIE GEHEN NOCH MAL WEG?
PASSEN SIE GUT AUF SICH AUF!
阪急 梅田駅
HANKYU UMEDA STATION
阪急三番街
HANKYU SANBAN-GAI

駐車場入口
2.2m

2

AUF DIE PLÄTZE...
... FERTIG...

HEY! IN WIRKLICH-KEIT BIST DU...
... DOCH IRGENDWO...

... DA,
ODER?

SCHEPPER

フェンス注意
HH!
HH!

HAH...
HAH...
PLOCK

ANTWORTE WENIGS-TENS...
ゲームセンター
GAME
1·2

HÄ, WARUM SOLL ICH ANT-WORTEN?
WAS?! ICH BIN NICHT IM NACHTCLUB, ICH BIN IM GAME CENTER!!
DENK LIEBER ÜBER DEIN EIGENES LEBEN NACH, MAKI!!
JAAA, GUTE NACHT!! AUF EWIG!
BLAMM
DZUDOMM
DZUDOMM

WOMM
ICH BRAUCH EINEN LAN-GEN!!
EINEN LANGEN, KOMM SCHON!!
WOMM
»VORHER WAR ER...
... EIN SUPER BASKET-BALLSPIELER UND SEHR BELIEBT GE-WESEN...«
»ER HAT MEH-RERE HEIRATS-ANTRÄGE HIN-TEREINANDER VERSCHICKT.«
»... UNZÄHLIGE FOTOS VON NACKTEN FRAU-EN, DIE IM BETT GEMACHT WOR-DEN WAREN.«
GAME OVER!
AAAH, VER-DAMMTER MIST!!
DIE TEILE, DIE RUNTER-KOMMEN...
... SIND ABER AUCH TOTAL DURCHEI-NANDER!

Kapitel 8 / Ende

Saturn
Return

Eine seltsame
Einstellung zur Ehe.
Toxische Beziehungen.
Die Geschichte von
Sex und Tod, die sich
um »Aoi« rankt...
Saturn Return
2

... trübt Vergangenheit und Gegenwart von Ritsuko Kaji...
ES IST ALLES OKAY!
... der Frau, die fortwährend Verluste erleidet...

サタイサタイ

Folge den Wolken nach Nord-Nordwest

AKI IRIE

Top-Tipp (nicht nur) für Skandinavien-Fans!

Ein junger Japaner namens Kei Miyama lebt in Island und hat drei Geheimnisse: er kann mit Autos reden, er hat eine Schwäche für hübsche junge Frauen... und er ist Detektiv von Beruf! Ein verträumter Island-Krimi völlig neuer Art von Aki Irie!

Blue Flag
KAITO
1
CARLSEN MANGA!

Liebe Naho...

... nicht ungewöhnlich, dass ein Brief an Naho mit dieser Anrede beginnt. Aber da will doch jemand tatsächlich Naho Takamiya weismachen, dass ihr zukünftiges Ich sich selbst diesen Brief geschrieben haben soll!! Ein Brief aus der Zukunft?! Naho glaubt das natürlich erst nicht, doch dann geschehen die Dinge wirklich so, wie sie in dem Brief beschrieben wurden. Etwas Schlimmes scheint sich in ihrem Leben anzubahnen, und sie beschließt, das Schicksal zu ändern...

CARLSEN MANGA!

www.carlsenmanga.de

サタンサタン

Saturn Return

ist eine japanische Serie, und in Japan wird von hinten nach vorn umgeblättert und von rechts oben nach links unten gelesen. Wir wünschen spannende Unterhaltung!

Wir produzieren nachhaltig

- Klimaneutrales Produkt
- Papiere aus nachhaltigen und kontrollierten Quellen
- Hergestellt in Europa

FSC
www.fsc.org
MIX
Papier | Fördert gute Waldnutzung
FSC® C083411

CARLSEN MANGA

Völckersstraße 14-20 · 22765 Hamburg
Aus dem Japanischen von Antje Bockel
SATURN RETURN Vol. 1 by Akane TORIKAI

Original Japanese edition published by SHOGAKUKAN.
German translation rights in Germany, Austria, Liechtenstein and German speaking area in the Switzerland, Belgium, Italy and Luxembourg arranged with SHOGAKUKAN through VME PLB SAS.
Redaktion: Petra Lohmann
Textbearbeitung: Aranka Schindler
Produktionsmanagement: Derya Yildirim

ISBN: 978-3-551-78849-8